サンタのおばさん

東野圭吾・作　杉田比呂美・画

文藝春秋

装幀
大久保明子

an original short story from

“The one-sided love”

MOTHER CHRISTMAS

ここはフィンランドの、ある小さな村。

雪道を太った男が汗だくになって走っていた。
髭《ひげ》は白く、眉《まゆ》も白い。おまけに吐く息も白い。
「いやあ、参った参った。目覚まし時計が壊れてるんだもんなあ。急がないと会議に遅刻しちゃうよ」

ふと前を見ると、

小太りの女性が歩いている。

手に持っているのは地図のようだ。

足音に気づいたらしく、彼女は

振り向いた。彼を見てちょっと驚いた顔。

「あのう」話しかけてきた。

「何ですか。私はちょっと急いでるんですがね」

「もしかすると、サンタ協会の方じゃありませんか」

彼は足を止め、女性のふくよかな顔をしげしげと見た。

「どうしてその名前をご存じで？」

「するとあなたはやっぱり……」

「イタリア支部の者ですが」彼は胸を張った。

「ああそうなんですか。よかったわあ。

あたし、今日から出勤なんですけど、道に迷っちゃって」

「出勤？　ははあ、新しい事務員の方でしたか。それは失礼しました」

「いえ、事務員というより……」

「それなら私と一緒に行きましょう。もうすぐ会議が始まる時刻です。あなただって初出勤で遅刻はまずいでしょう。

さあ、走って走って」

彼はまた走りだした。

小太りの女性も、あわててついていく。

小さな丘の上に、赤いとんがり屋根の建物が立っていた。雪かきをしたらしく、まわりに白い小さな山がいくつも並んでいる。

二人はあわてて駆け込んだ。

「ふう、ぎりぎり間に合ったよ。よかったですね、遅刻にならなくて」

首に巻いたマフラーを外し、彼が振り向いた時には、すでに彼女の姿はなかった。

「あれ、どこに行っちゃったのかな」

まあいいやと呟《つぶや》き、彼はすぐそばの螺旋《らせん》階段を上がっていった。その上に会議室があるのだ。

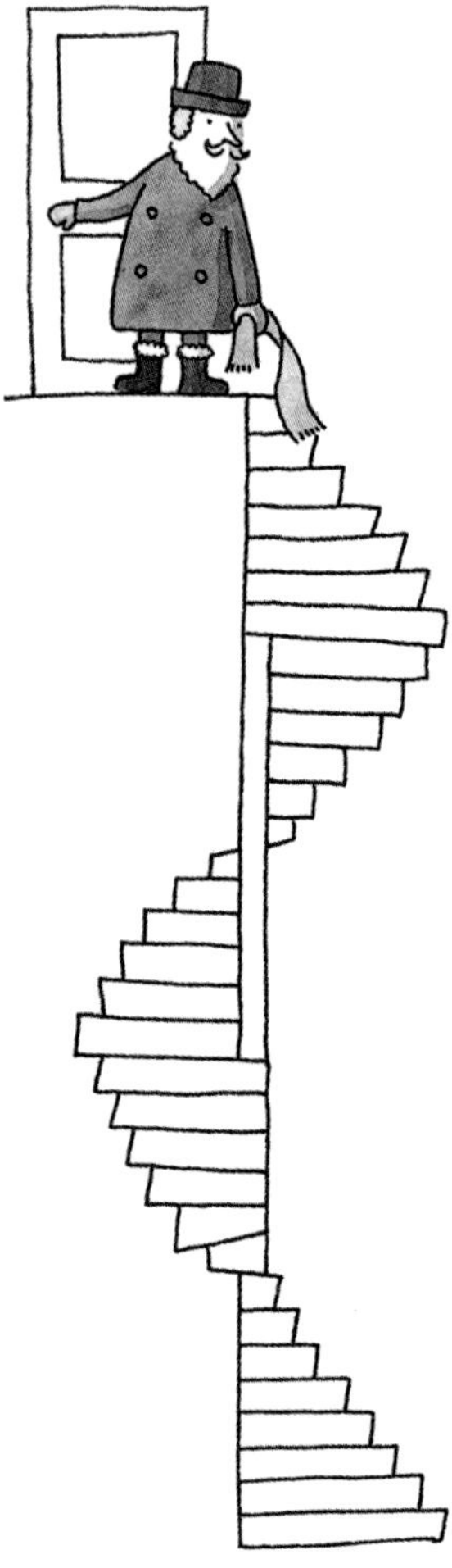

ドアを開けて入っていくと、十人の目が一斉《いっせい》に彼に向けられた。彼等の服装や肌の色はまちまちだが、全員白い髭と眉を生やしている。細長いテーブルを挟み、五人ずつ座っていた。

「まただぎりぎりですか」アフリカ支部のサンタがいった。黒い肌に白い髭のコントラストが美しい。

「申し訳ない。イタリアからだと遠くてね。トナカイのそりを使えればいいんだけど」

「それはだめだよ」眼鏡《めがね》をかけた男が人差し指を振った。ドイツ支部のサンタだ。

「トナカイのそりをふつうの日に使用することは固く禁じられている。どうしても使わねばならない時には申請を出し、全員の承認を」

「わかってる、わかってるって」イタリ

ア・サンタは手を振った。「だからそりを使わずに来た」

当然だ、という顔でドイツ・サンタはうなずいた。

「ひいふうみい……でもまだ一人いないじゃないか。ははあ、会長がまだだな。なんだ、私が一番最後じゃなかったんだ」

「安心するのは早いぞ」イギリス支部のサンタがいった。「君も知ってのとおり、会長は今日で引退だ。したがって次のクリスマスまでに、新しいサンタを決めなきゃならない。今日は、その後任者を紹

介してくれることになっている。会長が来ないのは、その手続きで手間取っているせいだろう」

「へえ、新しい仲間が出来るわけか。それは楽しみだな」

「会長はアメリカ支部担当だ。その後任となると、なかなか大変だぞ。子供の数は多いし、刺激の多い国だから生半可《なまはんか》なプレゼントじゃ喜んでくれないし」イギリス・サンタは白い髭を撫《な》でた。

「その点、日本はいいねえ」フランス支部のサンタがいった。「子供がどんどん少なくなってるっていう話じゃないか」

今まで隅の席で黙っていた日本サンタが、ゆっくりと顔を上げた。

「それはそうなんだがね、寂しい気持ちもある。おまけにサンタを本気で待っててくれる子供なんて、ほとんどいなくなった。夢がないんだ」

日本サンタがため息をついた時、ドアが開いて会長が入ってきた。白人で鼻が高く、ここにいる誰よりも太っている。

「皆さんお揃《そろ》いのようですな」彼は全員を見回すと、自分の席についた。小さな椅子では窮屈そうだ。咳払いをひとつした。「さて今年もクリスマスまであと二十日。そこで恒例のサンタクロース会議を開きます。まず第一の議題は次期会長の選出です。これは会長が指名することになっております。で、私としては副会長にお任せしたいと思いますが、異議のある方はいらっしゃいますかな」

異議を唱える者はいなかった。代わりに皆はオランダ支部のサンタに向かって拍手した。彼が副会長だったからである。

会長のアメリカ・サンタは満足そうに目を細めた。

「では第二の議題に移ります。私の後任のアメリカ支部担当サンタクロース候補を連れてまいりましたので、この場で紹介したいと思います。よろしいですかな」

全員がうなずく。それを見て会長サンタは立ち上がり、一旦部屋を出ていった。

「会長が推薦する人なら、まあ大丈夫だろう」イギリス・サンタがいった。

「楽しみだねえ、どんな人だろう。新しい仲間が来るってのはわくわくする」イタリア・サンタは目を輝かせ、カンツォーネを歌いだした。気分が乗った時の癖なのだ。周りのサンタたちがその大声に顔をしかめていることも気づかない。

「念のためにいっておくが、あくまでもサンタ候補だからな。全員の承認がなければ入会は認められない」ドイツ・サンタが事務的な口調でいった。

「そんなことをいうが、あくまでも形式的なものだろう。これまで全員の承認が得られなかったケースはない」イギリス・サンタが応じる。

「でも、私の時は手間取りましたよ」アフリカ・サンタが口を開いた。「この肌の色が原因でね」

「もし君が差別されたように感じたのなら、それは誤解だよ」イギリス・サンタがおもむろにいった。「あの時問題になったのは、世間の人々のイメージとのずれをどうするかということだけで、人種差別をするつもりは誰にもなかった」

「肌の色がサンタのイメージとずれているという言い方自体、すでに差別なのです。サンタとはもともと偶像にすぎない。どうイメージしようと個人の自由でしょう」アフリカ・サンタの口調は柔らかいが、その目は真剣そのものだった。

「そうはいっても、基本ラインというものがある

じゃないかね。北欧系の白い肌、彫《ほ》りの深い顔に白い眉と白い髭、そして赤い服といったイメージが」

「それは欧米人が勝手に作りだしたものです。もし我々がその場にいたのなら、サンタクロースの肌の色はもっと黒くなっていたでしょう」

「勝手に作りだしたというが、モデルがいないわけじゃない。そのモデルが欧米人なのだから仕方ないだろう」

「ははあ」アフリカ・サンタは目を丸くしてイギリス・サンタを見た。「モデルが欧米人だとおっしゃる？」

「違うというのかね」

「違いますな」

「サンタクロースのモデルは」オランダ・サンタがゆっくりと話し始めた。「ご存じのとおりキリスト教の聖人ニコラスです。聖ニコラスはリュキアの首都ミュラの司教でしたが、そのリュキアというのは現在ではトルコに含まれます。トルコは西アジアですな」

アフリカ・サンタが勝ち誇った顔でイギリス・サンタを見た。

「そ、そうかい。西アジアね。じゃあ訂正しよう。私が間違っていた。とにかくだ、結果的に私だって君のことを承認したんだから、差別はなかったわけじゃないか」

「それは感謝しております。ただ私はすんなり承認されたわけではないことをいいたかっただけでして」

「やれやれ、今日はすんなり承認といきたいね」フランス・サンタがうんざりした顔でいう。「いちいち議論してたらきりがない。これからクリスマスに配るプレゼントを用意しなきゃいけないっていうのに」

「今年は何が流行《はや》ってますかね」日本サンタがフランス・サンタに訊いた。

「さあねえ、我が国は君のところと違って、クリスマスをお祭りのようには考えていないから、流行なんかはないな。クリスマスには家族がブッシュ・ド・ノエルを囲んで静かに過ごすのだよ。ブッシュ・ド・ノエルを知ってるかい？　丸太の形をしたケーキのことだ。子供たちへのプレゼントというと、まずは本かペンだろう。字を覚えていないような小さい子には人形やぬいぐるみかな」

「日本の子供が欲しがるといえば、ゲームだろ？」イタリア・サンタがからかうようにいった。「それもチェスとかじゃなく、コンピュータで動くテレビゲームだ。

JOYEUX NOËL!

最近じゃあ子供だけでなく、大人もどっぷりとはまっていて、父親と息子がゲーム機を取り合いするなんてことも珍しくないそうだ。日本サンタは、あのゲーム機だけを配ってればいいんだから楽じゃないか」

痛いところを突かれたように日本サンタは顔をしかめた。

ドアががちゃりと開いた。会長のアメリカ・サンタが入ってきた。

「さあ、どうぞ中へ入って」

彼の後から入ってきた人物を見て、イタリア・サンタは驚きのあまり椅子から転げ落ちそうになった。いや驚いたのは彼だけではなかった。

そこに立っているのは、イタリア・サンタと
一緒にやってきた小太りの女性だった。

「会長、まさかその女性が……」イタリア・サンタが皆の気持ちを代弁して訊いた。

「説明が必要だろうねえ」会長は全員を見回した。「今回私は候補者を選ぶにあたり、今までのすべての制約を取っ払うことにしたのだ。きっかけになったのはアフリカ・サンタの承認会だ。彼を見て思った。次期アメリカ・サンタには黒人も対象に加えねばならないとね。いや、それだけじゃない。人間的資質以外のことは、すべて無条件としたのだ。その結果、彼女が最もサンタクロースにふさわしい人間だと判明した。ええと、名前は何といったかな」女性に尋ねた。

nominees for Santa Claus

「ジェシカです」

「ジェシカか。いい名前だ。しかし今日から君はもう一つ名前を持つことになる。アメリカ・サンタという名をね。もっとも」会長は白い髭を撫でた。「ここにいる全員が賛成してくれなきゃならんのだが」

「皆さん、よろしくお願いいたします」ジェシカはにっこり笑った。イタリア・サンタをはじめ、何人かのサンタが思わず笑い返してしまった。

「会長、会長、しかしやっぱり女性のサンタクロースというのは……」ドイツ・サンタが困惑したように白い眉の両端を下げた。

SANTA STYLE

「君は規則に詳しかったな。規則には抵触《ていしょく》しとらんはずだが」

「そりゃそうです。女性が候補になるなんてことは想定してませんから」

「だったら構わんじゃないか」

「彼女には髭がありませんよ」フランス・サンタがいった。「それはどうするんです」

「髭がなきゃだめなのか」会長はドイツ・サンタに訊いた。

「一応標準スタイルとして決められています。白い髭、白い眉、赤い外套《がいとう》、赤いズボンなどです」

「絶対に守らなきゃならんのか」

「絶対に、というわけではありませんが、今まで例外が認められたことはありません」

「いや、そんなことはないぞ」突然立ち上がったのは、オーストラリアからやってきたオセアニア・サンタだ。

「皆さんだって覚えているでしょう。私の国ではクリスマスは真夏なんだ。だからあのスタイルはきついので変えさせてほしいと嘆願書《たんがんしょ》を出して、認められました。今はアロハシャツでサーフボードに乗ってプレゼントを配っています」

オセアニア・サンタはその場で波乗りの格好をした。

「でもそのアロハシャツは赤色のはずだ。ここにちゃんと誓約書《せいやくしょ》もある。オセアニア・サンタに限りアロハでも可《か》。ただし色は赤色。規則を無視したわけではなく、柔軟に対応したというところだよ」

2

1

「私のところでは赤い服は着なくていいことになっています」そういったのはアフリカ・サンタだ。「最初、暑いので外套やズボンは免除されていたのですが、衣装は赤にするよういわれていました。それで赤いケープを着けて子供たちの家を回ろうとしたところ、赤いひらひらに刺激されたライオンが襲ってきました。もうちょっとで食われるところでした。そのことを訴えたら、緑色の衣装でもよいということになったのです」

4

「なぜ緑色に？」イタリア・サンタが横から質問した。
「緑だと木や草に溶け込んで、目立たないからです」
「ふうん、サンタなのに目立たないのか。ふうーん」

3

「君たちの話はわかったよ。でもそれは、それぞれの国の事情というものがあるから」ドイツ・サンタがぼそぼそいう。

「いやしかし、これは考えようによっては国以上に大きな問題ではないかね」会長がいった。「なぜなら人類の半分は女性だからだ。女性には髭が生えない。だから女性サンタの場合には髭はなくてもいいことにする――そのように規則を変えればいいだけのことだ」

「彼女は若く、眉も白くはありませんが」フランス・サンタがいった。

「あたし、クリスマスの時には眉を白くしてもいいですけど」ジェシカが相変わらずにこやかにいった。「そのほうが雪にも合いますしね」

「眉を白くする方法なら僕が教えてやるよ」イタリア・サンタがジェシカのそばに行き、自分の胸を叩いた。「僕もこの会に入った時は、まだ眉も髭もあまり白くなかったので苦労したよ。でも染めたり脱色したりはやめておいたほうがいい。一番いいのは小麦粉だよ。あれを頭からかぶれば」

「イタリア・サンタっ」ドイツ・サンタが叱責した。「まだ彼女は承認されていない」

「あっ、そうでした」イタリア・サンタはぽりぽりと頭を掻《か》いた。

「みんなに訊きたいのだがね」会長がいった。

「なぜサンタクロースは男性だと決めてかかるのかね」

一瞬全員が黙り込んだ後、例によって博学のオランダ・サンタが立ち上がった。

「それは聖ニコラスが男性だったからです」

「そんなことはわかっているよ。しかし聖ニコラス＝サンタクロースではないだろう。発端はそうだったかもしれないが、聖ニコラスの伝説が様々な国に伝わるうち、そのイメージはどんどん変化していった。その結果、聖ニコラスとサンタクロースを分けてとらえている国もたくさんある。たとえば君の国では、十二月五日にシンタクラースと呼ばれる老人がスペインから船でやってきて、子供たちにプレゼントするという行事があるね。あのシンタクラースこそ、聖ニコラスの伝説をそのまま受け継いだ存在だ。つまりサンタクロースは、もはや聖ニコラスと切り離して考えていいんじゃなかろうか」

博学さにかけてはオランダ・サンタに負けない会長がいったので、またしても全員が口を閉じた。

「ちょっといいですか」一人のサンタが手を挙げた。

日本サンタだった。「サンタクロースは父性の象徴だと思うのですが」

　全員が彼を見た。その視線の中で彼は続けた。

「ご存じかどうかはわかりませんが、我が国では父親の地位が失墜しています。父親とはただ家にお金を入れてくれるだけの存在で、それ以外の時は単なる邪魔者だと子供たちから馬鹿にされています。その原因はいろいろとあるでしょうが、はっきりしているのは、父性が軽んじられているということです。父親などいなくてもいいと思われているのです。お金さえくれれば、それは父親でなくていいと子供たちは思っているのです。父親が満員電車に揺られ、上司に叱られながらも、なぜ汗水流して働くのかを彼等は理解しようとしないのです。それはいわば、プレゼントをくれるのならば相手がサンタクロースでなくてもいいという考えです。そんな中で、もし女性のサンタクロースが現れたら」彼は首を振った。

「子供たちは金輪際《こんりんざい》父性のありがたみを感じなくなるでしょう。サンタクロースはいわば、父親たちの最後の砦《とりで》なのです」

FATHER CHRISTMAS!

いつもは口下手な日本サンタの熱弁に、誰もが聞き入っていた。彼の話が終わった後も、しばらく沈黙が続いた。

「私も同感だな」イギリス・サンタがぽつりといった。「日本にかぎらず、世界的に父親の意味が問われている。やはり軽々に女性サンタを認めるべきではないのかもしれない」

何人かがうなずいた。すると今まで黙っていたカナダ・サンタが立ち上がった。

「サンタが父性の象徴とはかぎらないだろう。肝心なのは子供を愛する心だ。愛情に父性も母性もない。そんなことをいうのは無意味だ」

これまた何人かが、そうだそうだ、と同意する。

「いや、父性にこだわるのが無意味だとは思えませんな」ふだんは無口なベルギー・サンタが発言した。「子供には父親と母親がいます。いい両親とは、それぞれがきちんと自分の役目を理解し、双方の欠けている部分を補いながら子供を育てていける親のことではないですかな。父性や母性といったことを意識するのは必要です」

「だからといって、サンタが象徴だというのは飛躍しすぎだ」フィンランド・サンタが反論する。

「聖ニコラスは明らかに人々の父親の役目を担っていた。飛躍ではない」別のサンタが意見をいう。

みんなが口々にしゃべり始めた。

「父性の価値を向上させたいなら父親が努力すべきだ。サンタにその役目を任せるなんてのは責任逃れだ」

「いやあ、世の中のお父さんたちはがんばってますよ」

「努力が足らんのだ。大体、今の親たちは幼すぎる。子供が子供を育ててるようなもんじゃないか。そんな子供が大人になって、もっと馬鹿な子供を育てるのだ」

「サンタが子供を馬鹿呼ばわりしていいのか」

「馬鹿を馬鹿といって何が悪い」

「軽んじられているのは父性だけじゃない。母性のほうだって、かなり危ない。子供を虐待する母親が増えているじゃないか」

「今の親たちは金さえ出してりゃ子育てだと思ってる。そんなんじゃ子供だって愛情を期待しなくなる。この間もある幼稚園から園児たちの手紙が届いたが、半分以上がお金をくださいと書いとった。一体どうなっとるんだっ」

「お金は僕も欲しいけどね」

あちこちで議論が始まった。唾《つば》を飛ばしてしゃべる者、机を叩いて熱弁をふるう者、白熱して摑《つか》み合いの喧嘩が始まりそうな者たち。静粛《せいしゅく》に、と会長が叫ぶが、誰も聞いていない。収拾がつかなくなってきた。

その時である。

どこからか歌声が聞こえてきた。

『アヴェ・マリア』だった。
怒鳴り合っている男たちの耳にも、
この聖なる歌だけは届いたようだ。
次第に静寂が戻ってきた。

見事なソプラノを披露《ひろう》しているのは、無論ジェシカだった。歌い終えると彼女はにっこりして皆を見回した。顔が少し赤くなっている。

「仲良くお話ししましょうよ。皆さんはサンタさんなんですから、怒った顔は似合いませんわ」

十二人のサンタたちは、お互いの顔を見合わせ、ばつが悪そうにした。照れ笑いを浮かべる者もいた。

「ああ、そうだ。あたし、クッキーを焼いてきたんです。それでも食べません？　一休みして、お茶にしましようよ」そういうと彼女は部屋を出ていった。

「あっ、僕も手伝うよ。お茶をいれるのは若手の仕事と決まってるんだ」イタリア・サンタが彼女の後を追った。

クッキーと紅茶が配られた。クッキーは柔らかく、か

すかにレモンの風味がした。それを食べると、今まで仏《ぶっ》頂面《ちょうづら》をしていたサンタたちも表情を和ませた。

「あなたに質問してもいいかな」オランダ・サンタがジェシカにいった。

「議論ならティータイムが終わってからにしないか」イギリス・サンタが顔をしかめる。

「いや、議論する気はないんだ。ちょっと訊いてみたいだけなんだよ」

「いいですよ。何でしょう」ジェシカが尋ねた。

「そもそも、なぜあなたはサンタに応募したのかね。子供の頃からサンタクロースに憧れておったのかね」

　すると彼女は微笑《ほほえ》みながら首を振った。

「応募したのはトミーです。あたしの息子なんです。あたしは全然知りませんでした」

「息子さんが勝手に応募を？」

「規則では他薦《たせん》でもいいことになっています」

ドイツ・サンタがすかさずいった。

「なぜ息子さんはあなたをサンタに？お父さんのほうではなくて」

オランダ・サンタがジェシカに訊く。

彼女はいった。「トミーの父親は、彼が二歳の時に事故で亡くなりました」

一同がしんとした。

ジェシカは空気が重たくなるのを嫌うように笑った。

「サンタに応募したと聞いた時にはびっくりしました。だからあたしはトミーにいったんです。サンタは男の人にしかできないのよ、どこの家だって、サンタ役をしているのはお父さんでしょって。そうしたら彼はあたしにいいました。ママはパパの分まで僕を愛してくれているんじゃなかったの、そう約束したじゃないかって。珍しく怒った顔をして。あたし、何もいい返せませんでした」

彼女は日本サンタに目を向けた。

「父性は大切だと思います。軽んじられるべきではありません。そしてサンタは父性の象徴であると思います。だけどそれを与えられるのは男性だけではないと思います。同時に、母性を与えられるのは女性にかぎらないと思います。そう思ったから、あたしはサンタに応募したんです」

日本サンタは小さくうなずいた。うなずいているサンタはほかにもいた。

「姿形など大した問題ではない、ということですよ」アフリカ・サンタが呟いた。

クリスマスイブの夜がやってきた。

ジェシカは大忙しだった。

トミーを寝かせた後、彼女はクローゼットを開けた。そこには新品のサンタの衣装が入っていた。彼女向けに、下は赤いスカートになっている。外套も、彼女がなるべく細身に見えるよう工夫してある。帽子は他のサンタと同じだ。デザインを考えてくれたのはイタリア・サンタだ。

メイクをしていたら、窓を叩く音が聞こえた。

どうやら迎えが来たようだ。ジェシカはあわてて衣装を身に着け、姿見《すがたみ》で確認してから窓を開けた。

三頭のトナカイに引かれたそりが宙に浮いていた。そりには大きな袋が載っている。

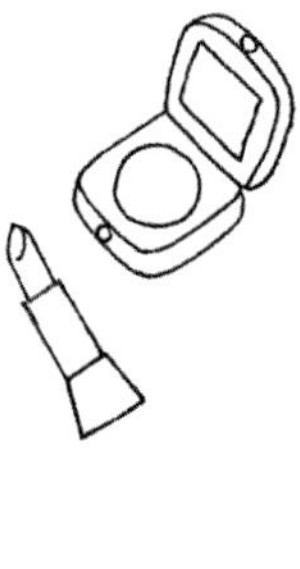

「メリークリスマス、アメリカ・サンタ。予定より、七分遅れていますよ」先頭のトナカイがいった。彼は首から大きな時計をぶらさげていた。

「ごめんなさい。もうちょっとだけ待ってくれない？　口紅がまだなの」

「だめです。早く乗ってください」

「もう、ケチなんだから」

ジェシカは窓枠を越え、そりに飛び移った。

「アメリカ・サンタ、道順はどういたしましょうか」トナカイが訊いてきた。

「例年ですと、ハワイからですが」

「アラスカからにしてちょうだい。一番寒いところにいる子供たちを待たせたくないわ」

「了解しました。右トナカイ君、左トナカイ君、準備はいいかな」

準備オーケー、と両側のトナカイが答えた。

「では出発します。しっかり摑まっていてくださいよ、アメリカ・サンタ」

号令と共にトナカイたちは駆け出した。そりが勢いよく進み、ジェシカは後ろにひっくりかえりそうになった。

「わあ、すごいスピード」

「フルスピードで飛ばしますよ。何しろ、今夜中にアメリカをすべて回らなければならないのですから。あと一分少々でアラスカに着きます」

「あと一分？　たいへんたいへん」

　ジェシカはこっそりポケットに入れておいたコンパクトと口紅を取り出し、化粧の仕上げに取りかかった。

「おい相棒《あいぼう》、サンタが化粧を始めたぞ」左トナカイが右トナカイにいった。

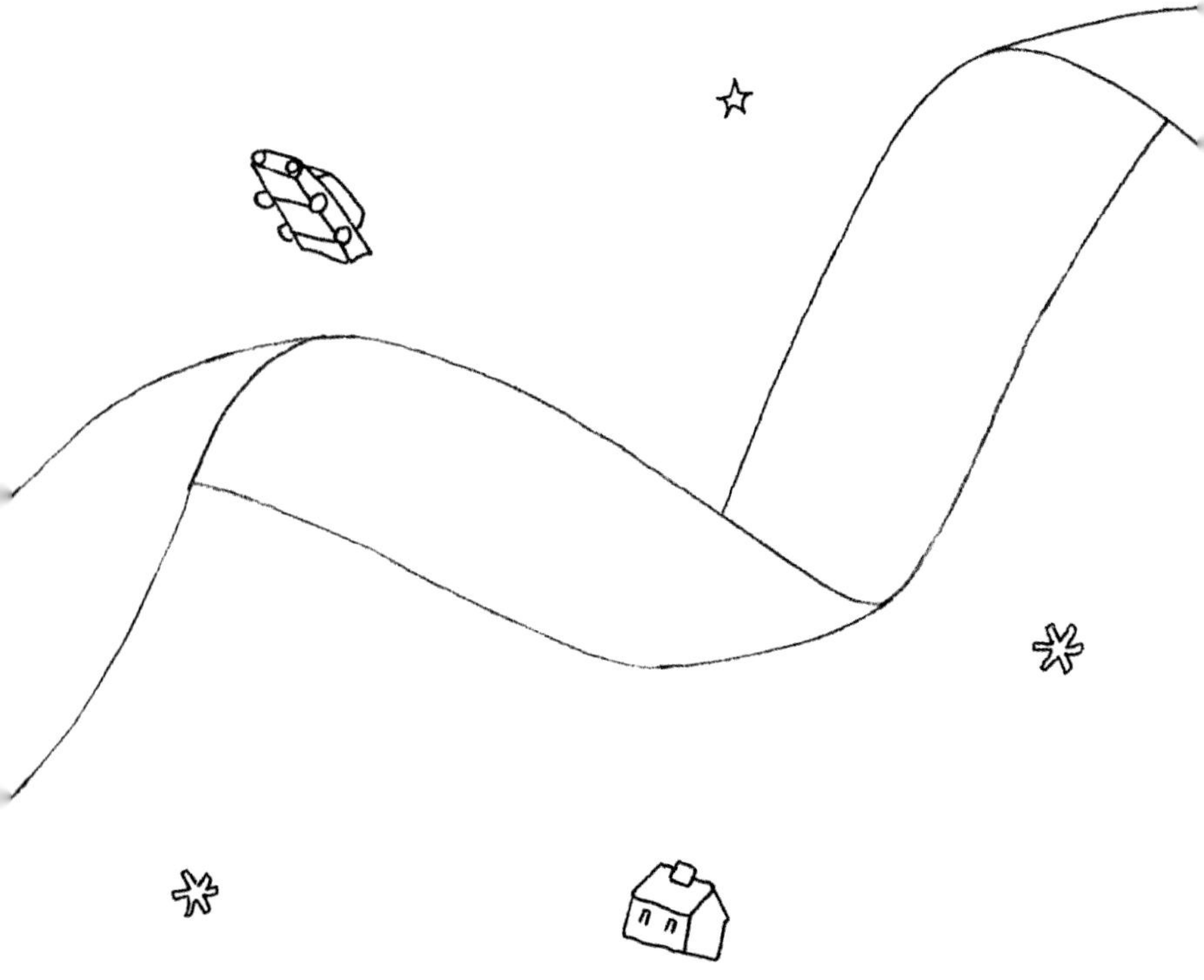

「なんてことだ。前のサンタは太りすぎで参ったが、今度は身だしなみに気遣うレディときた」

「おまえたち、無駄口を叩くな。子供たちが待っている」

今夜は晴天だ。トナカイのそりは天空を駆け抜けていく。びゅんびゅんと音をたてそうないきおいで、星が後ろに飛んでいく。下を見れば、街や高原が山や川や湖が、新聞の輪転機《りんてんき》みたいに高速で流れていく。

プレゼントを配り終え、トナカイのそりはジェシカのアパートに戻った。

「じゃあまた来年ね」窓から部屋に入ったジェシカは、トナカイたちにいった。

「お疲れ様でした。ではまた来年」

トナカイのそりが去るのを見届けてから、彼女は部屋に戻り、衣装を脱いだ。次にこれを着るのは一年後だ。

いつもの服に着替えてから、ジェシカは寝室に行った。トミーは気持ちよさそうに眠っている。

彼女は息子の身体を優しく揺すった。トミーは目を覚まし、眠そうに顔をこすった。

「ママ、どうしたの？」

「トミー、服を着て。ちょっとお出かけするから」

「お出かけ？　これから？」

「そうよ」

ジェシカはまだ半分眠っているトミーに服を着せ、最後に毛糸の帽子をかぶせた。

「どこに行くの？」

「いいところよ」


二人は部屋を出て、アパートの階段を上っていった。着いた所は屋上だ。

屋上には明かりがなかったが、周りの建物からの光に照らされていた。おまけに今夜は月が出ている。二人の人影があった。大人と子供だ。ジェシカとトミーは彼等に近づいていった。次第にお互いの顔がはっきり見えてくる。

そこにいたのは三階に住んでいるジョンと娘のエミリーだった。

「ごめんなさい。仕事で遅くなっちゃって」ジェシカはいった。

「いいんだよ。今夜はあまり寒くないから、エミリーと星を見ていたんだ」

「ジェシカ、あたしさっき、見たのよ。トナカイの引っ張るそりが空を飛んでいったの」エミリーが夜空を指差した。

「流れ星だよ」ジョンはいう。

「違うよ。トナカイだったもん」

「トナカイよ、信じるわ。たぶんサンタクロースがプレゼントを配っていったのね」ジェシカは彼女の頭を撫で、ジョンに向かって微笑んだ。彼は苦笑してうなずいた。

トミーとエミリーは二人で星を数え合ったりして遊びだした。その様子を眺めながら、ジョンがおもむろにいった。

「それでジェシカ、君の答えを聞きたいんだけどな」

ジェシカは彼を見た。彼は丸い眼鏡の向こうで真剣な目をしていた。
彼女は微笑んだ。そしてうなずく。

「イエスよ」

強張《こわば》っていたジョンの顔が、みるみる崩れていった。両手で頭を抱え、目を閉じた。

「ありがとう。今夜は最高のクリスマスだ」

「あたしも」ジェシカはいった。「トミーに最高のプレゼントができる」

ジョンが彼女の身体を引き寄せた。だが彼女の顔を見て首を傾げると、眉に手を伸ばした。

「どうかした?」

「小麦粉だ」ジョンはいった。「どうして君の眉に小麦粉が?」

「ああ」ジェシカはくすっと笑った。

「きっと、ケーキを焼いていたからよ」

年が明けて間もなく、サンタの臨時会議が開かれた。
議題は、サンタクロースの結婚を認めるか否《いな》か、というものだった。
イタリア・サンタが少しごねたが、結局全会一致で認められた。

メリークリスマス。

Japan

Oceania

Africa

Canada

France

Holland

U.K.

Belgium

Finland

Jessica

Germany

東野圭吾　Higashino Keigo

1958年大阪生まれ。
大阪府立大学電気工学科卒。
エンジニアとして勤務しながら、
1985年「放課後」で
第31回江戸川乱歩賞受賞。
1999年「秘密」で
第52回日本推理作家協会賞受賞。
著書に「白夜行」「予知夢」「片想い」
等があり、幅広い作風で活躍している。
公式ホームページ
http://www.keigo-book.com/

杉田比呂美　Sugita Hiromi

1959年東京生まれ。
絵本、本の挿絵など多数を手掛ける
イラストレーター。不思議な
透明感のある画風に定評がある。
絵本に「空を見ていた」
「街のいちにち」「散歩の時間」
「ポモさんといたずらネコ」、
共著に「海がくる」等がある。

サンタのおばさん

2001年11月15日　第1刷
2022年5月20日　第12刷

著　者　東野圭吾《ひがしのけいご》・杉田比呂美《すぎたひろみ》
発行者　大川繁樹
発行所　株式会社　文藝春秋
東京都千代田区紀尾井町3－23　〒102－8008
電話（03）3265－1211
印刷所　図書印刷
製本所　加藤製本

定価はカバーに表示してあります。万一、落丁乱丁の場合は
送料当方負担でお取替え致します。小社製作部宛お送り下さい。

Printed in Japan　ISBN978－4－16－320540－3

The End